CW00422218

Un personnage de Thierry Courtin

Loi n°49-956 du 16 juillet 1949
sur les publications destinées à la jeunesse,
modifiée par la loi n°2011-525 du 17 mai 2011.

25 avenue Pierre de Coubertin, 75013 Paris
ISBN : 978-2-09-202293-1
Achevé d'imprimer en janvier 2016
par Lego, Vicence, Italie
N° d'éditeur : 10220268 - Dépôt légal : juin 2010

T'choupi

s'habille tout seul

Illustrations
de Thierry Courtin

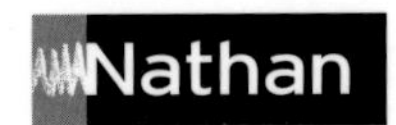

– T’choupi, on va sortir,
tu te prépares ? Tes vêtements
sont sur le lit...
– Non, pas ces habits,
je veux m’habiller tout seul
aujourd’hui !

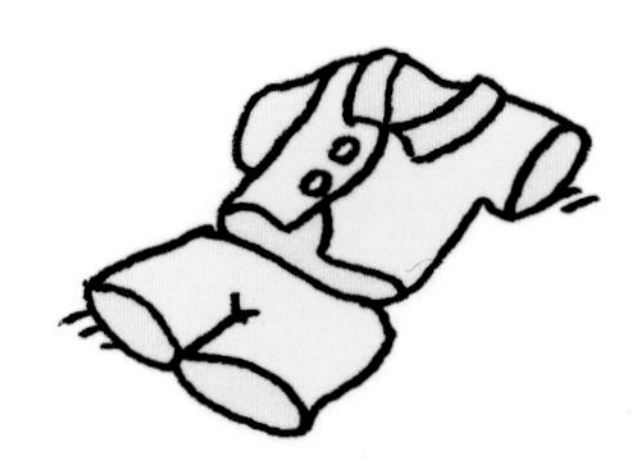

– Je vais prendre le tee-shirt
avec une étoile et le pantalon
que m'a offert mamie.
– Oh là là, T'choupi,
c'est le bazar !

– Ça y est, j'ai trouvé
mon pantalon !
– Attends, il faut d'abord
enfiler un slip !

– Oh non, T’choupi,
pas sur la tête !

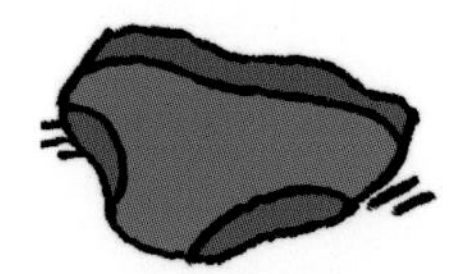

– Allez, je vais t'aider.
Et hop, voilà le pantalon !
– C'est moi qui mets
le tee-shirt, maman !

– Je suis presque prêt.
– C'est bien, T'choupi,
mais tu as mis ton tee-shirt
à l'envers… L'étiquette est
devant !

– Les chaussettes, c'est difficile…
Tu m'aides encore, maman ?

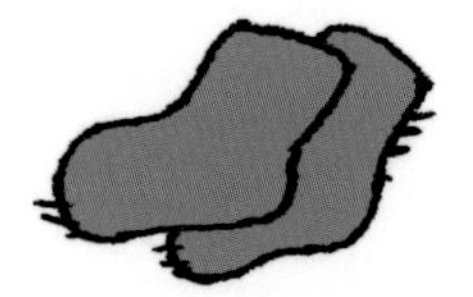

– Regarde, j’ai mis
les chaussures de papa !
– Quel farceur, mon T’choupi !

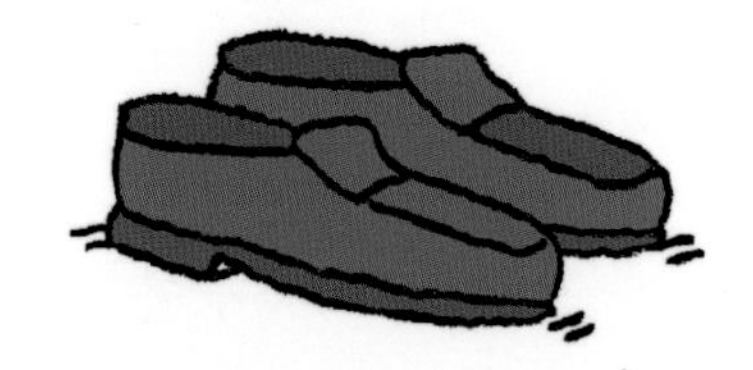

– Je mets mon bonnet aussi...
– Mais il fait trop chaud, T'choupi ! Si tu veux, tu peux prendre ta casquette.

– Allez, on y va…
– Maman, tu as oublié
ton chapeau. Tiens, le voilà !
– Bravo, T'choupi ! Tu sais
t'habiller comme un grand…
et tu aides bien ta maman !